FULGOR TRAS EL ESPEJO

Higinio Barrera - Causse

EDITORIAL TRAFFORD

EE.UU. ▪ Canadá ▪ Reino Unido ▪ Irlanda

Aviso a Bibliotecarios: La catalogación bibliográfica de este libro se encuentra en la base de datos de la Biblioteca y Archivos del Canadá. Estos datos se pueden obtener a través de la siguiente página web: www.collectionscanada.ca/amicus/index-e.html
ISBN 1-4251-0058-9

Impreso en papel que contiene un mínimo del 30% de fibras recicladas.
Nuestros talleres gráficos utilizan "energía verde" de fuentes solares, eólicas y de otro tipo, las cuales no afectan negativamente al medio ambiente

EDITORIAL
TRAFFORD

Oficinas en Estados Unidos, Canadá, Reino Unido e Irlanda

Venta de libros en América del Norte y al extranjero:
Editorial Trafford, 6E-2333 Government St.
Victoria, BC V8T 4P4 CANADÁ
Teléfono: 250 383 6864 (llamadas sin cargo: 1 888 232 4444)
Fax: 250 383 6804; email: pedidos@trafford.com
Venta de libros en Europa
Trafford Publishing (UK) Limited, 9 Park Street, 2nd Floor
Oxford, UK OX1 1HH UNITED KINGDOM
Teléfono: +44 (0)1865 722 113 (tarifa local 0845 230 9601)
facsimile +44 (0)1865 722 868; pedidos.ru@trafford.com
Pedidos por Internet:
Trafford.com/06-1815

10 9 8 7 6 5 4 3 2 1

Unas Palabras…

Estos poemas fueron escritos en Cuba. Por este tipo de Poesía sufrí la fuerza brutal de un régimen acostumbrado a dirigir como a una orquesta las ideas de sus intelectuales.

El autor

"Para América
en un aniversario más de la barbarie
o el famoso encontronazo de las dos culturas.
A Cuba
porque a ella volverán nuestros sueños
y el niño que fuimos ayer.
Allí,
a los que creen en mí."

H.Barrera-Causse

"La libertad política no estará asegurada

mientras no se asegure la libertad espíritual"

José Martí

(1993- 1994)

MISERIA DEL HOMBRE

I

Cuando palpita la máquina vital
he visto el sueño
es como la magia que asila un drama si ternura
asalta la inocencia
castra una locura
                obstinación
                                presagio de miseria
si recuesta al puño la riqueza
y engendra hazaña
veneno para desconfiar maldad
no satura antojo que aborta la codicia
y adormece amor
                esa inquietud
                que a diario nace en cada rostro de
                ciudad
padece la máxima locura
azote de ira en agonía
no para diezmar la vista amiga
que deviene sed

huir cuesta fortuna

cuando obsesa el hambre

y un ausente limita lo cierto

cree aplastar el locomundo

idioma que otro duende ansía

no es fácil

Un presagio vuela en medio de la noche

quiere tocar la podredumbre   no

no es noticia

sé que alguien cavará un final

fatigando al sueño su alma

sed que desordena la demencia

como diablura

                                    único ruego

He visto el sueño

Un milagro no ensombrece el ocio

hay tanta ira por aplastar un vuelo

vociferando ante el empeño   rabia

Esa niebla   luz que agota el tiempo

empequeñece un rostro

da festín pasar la inconformidad

al sitio en que una canción

anuncia el letargo en nuestra casa

aulla abatido su hambre

no para pedir limosna

este saciado de fortuna

revela un sueño por tener

Ah   qué inocencia

hay tanta ira por aplastar un vuelo

vociferando ante el empeño   rabia

II

He visto el sueño

su espacio movedizo se sucida

no es cristal que vierte soledad

si ruge inofensivo el miedo

poco importa su furia lozanía

su riesgo de cazar milagros

poco importa

III

Nadie socorre mis palpitaciones

acaparo mi hambre de tener al mundo

llagado por asombro

sin amputar mi rabia

llovizno la nostalgia

juego un instante suerte a ver si me hago sombra

parte el alma soñar

viejo tesoro

una tras otra viene la agonía

subasto recompensa

quiero lanzar mi corazón al viento

tener…no sé

Fresco me alzo

suicido el tiempo

y amor auxilia al rostro

el ansia

soledad

el sueño.

POEMA VALLEJIANO

Cuídate

Patria

de tu suerte

DICTAMEN

Caro tiene que pagar quien aferra
multitud a la contienda
envilece flor cubre fachada
una aparente bruma lo endiabla
avecina un trueno para llover maldad
y un capullo amor disimula no ver
Ah   qué sueño miedo aspira aquel
sorteador de ensueños arrepentido suerte
qué bruma pesadilla decora noche
si acecha multitud su rostro de hambre
Oír
sabio no es casarse a la palabra
alineando extravío cenil
sin saber
a quién   por quién   estampa el rostro bestia
mientras   arriba el cuello pesa
el oro ahoga
un carnaval de harapos anuncia nuevo resplandor
Hades no es el príncipe del alba
para lanzar carruaje aurora

Oir quién quiere vivir fugaz el odio

llenarse los bolsillos y no saber como gastar su lozanía

es bien maldad su rostro empeño

no será aflicción que guarda niebla

máscara que enluta en su coraza la nostalgia

Ah   no atreverse cavar su propia tumba

queja alzando locura como trofeo de Dios

no atreverse   cobarde

Imágenes de auxilios que anochecen

darán el curso   pesadilla...

la mierda.

LO CIERTO...

Lo cierto estalla

germina

                truena

es una estrella en el Caribe

PRISION

Cuando me ataca soledad

siento una fiera prendida mi memoria

algo como la muerte al sueño

esquineando cada círculo vital

haciendo alcance telaraña

crueldad que madruga placer con ira

hastío bajo la alegría un trueno

para saciar mi hambre

gasto el rumbo que mi tensión anhela

descarno muerte por no ver certeza

un avestruz cabeza tierra

simultaneando luz al tiempo

en que comadres

suelen pasar la lengua costa

no

escucho un ruido

algo rasga mi alma

cubre el misterio

es como celar sonido brisa

siquiera amor

cuatro razones y un Coppelia es mi vereda

misterios parecidos a la ternura me eternizan

no sé qué cuarto llave retoña

si soy un tuerto en jaula de cristal

todos me ven y ciegan la mirada

temor igual enfermedad quema una costilla

no sé lanzar mi empeño

algo detiene el horizonte

Oh qué pesadilla

nada me acontece roer el sueño

y no soy nadie

pero ansío viajar

desnudo

al Universo.

ESPEJO

Este poema no es un canto
a damiselas desnudas por un golpe de caricia
No es la vida que se priva ante la muerte
viendo como escapan ensueños
tras el reino del sol
Este poema es un cazaobligaciones
un espejo que hace estallar la sombra
maniata el Universo
baila su danza enigmática
pero hiere sorprende como una chispa la memoria
Alguien mira su estampa   ve su clamor
la razón se agrieta   estalla
Un sueño sobre lo posible   nace
destrona la realidad
no sabe que el silencio es sombra
si hallas al duende   asalta la vigilia
goza su regodeo de luna
luego se asombra de su historia
Quién cortará la estirpe de los águilas
o alumbrara el camino al ciego de obscuridad?

Pide la emoción que la verdad abrace
despegue la libertad
y llegue al filo del espacio
América: ese sueño tiene su presagio
no lo olvides.

ESCRITO PARA NO COMPROMETER A NADIE

Como una sombra desanda la verdad

no se estremece palidecer

algo que aterra hace venir horror

no todo es negro   refugia azul

certeza avisora su epitafio:

-igual mañana de la rabia ayer-

no hay rostro que huela idea

orgullo de viaje al tiempo como brisa

sin saber

por qué hay disparos hacia la eternidad

Alguien quiere cercenar la lengua

huye a su cubil de fiesta desnutrida

incluso amor

verdad sortea   aplasta una locura

hace olvidar penurias de fusiles

no necesita oro para resplandecer

el tiempo es una fiera en medio de la calle

hierve igual presagio la memoria

y nadie puede limitar el sueño

hambre   luz que muere en la pupila de ese alguien

de carcomida espalda

El miedo apaga visión de la epidemia

es carga en vicio de los sin nada

gastando estrella azar de los con todo

Amor ya no es noticia

melodrama en furia yergue un presagio

hay verdad que toma resplandor

y abre vuelo como una pesadilla

sobre lo imposible.

REFLEXIONES I

Cada minuto

resbala en el espacio la codicia

II Espejo

En el portal de mi estancia delira la alegría

su rostro profesión misterio guarda

censura bajo el asombro como si la voz muriera

no sacia mi alma de asfixia viril

cuando miras al miedo y ladeas la mirada

mezcla de fe limpia vereda

adosa amor vuelo hacia la maravilla

y alguien grita - no –

- no duermo en símil de nostalgia

no soy ternura acaso multitud-

mientras del ensueño escapa información

boga cartel: Only Tours

dilatando al rostro soledad

Nadie parece combatir locura

el drama invita escena de livianos parias

- incluso - cobardía

este círculo desaira suerte

toca perder la voz huir

nadie subasta empeño por temor a la costumbre

es como amputarle al miedo su mezcolanza idea

Ah   juego final

mi vida se niebla realidad

guardo ternura en puño cuando alguien

invoca misterio al sueño

resistir

                    resistir

asedio matinal.

POR ESO BASTA

Esta pequeña piedra que al mundo asombra

instala su misterio en el espejo

levanta al día milagros

la vereda   tiene de adormecido como enigma

no desanda alegría en la pupila

si quema cotidiano la ansiedad

y viaja duda o luz cada mañana

cierto no será como el ayer

de madrugada   jaula   flaquedad

Parió la multitud una palabra

reliquia   eternecer cada alegría

No será un ayer bruma estampida

pálida luz abraza este dilema

inaugurar ceguera está de moda

patria no es Segunto ni Numancia

para quemar de hambre el universo

hace estallar mil sueños al olvido

No aterra manera de gritar por eso basta

vuelo nupcial   amor   codicia abraza

su bendición no tiene nombre

comercializa máscara   odio natural

el hombre enciende el Universo

aquel contagia al hombre

vive aferrada libertad en su cubil

infarta la ambición

horizonte oscuro hace palidecer

no tendrá epitafio sucumbir

la cerca   su existencia quiebra

desata la amargura   voz

prócer que viste corazón

limpia la esfera

y cabe morir de susto

Amor despierta empeño   salva

La dicha está de fe…estoy de fiesta.

REFLEXIONES II

La idea

            está

                        acabada

soñarla

            otro planeta.

POR SI NO MUERO

Hoy quiero penetrar vitalidad
circo donde azulo mi luz
no festejo en la alborada
soy un miope
y temo al empeño que me aguarda
lo eterno mi espacio preña
caza de natural asombro el fuego
va colgado al sueño
amor puede sufrir eclipse aurora
fenece luz en vuelo   no
magia no hacerme original
temo que alguien coarte mi voz
cierre paso mi Universo
y…desaparecer
Cabalgo al tiempo   no es noticia
preciso ir en multitud
parecido al angel de fachada izquierda
aparento ser suicida
simplifico amor grito:
-la miseria opina cotidiana-

no olvido residuo curso democracia

época toma vuelo obscuridad

Algo despierta

emerge la rabia que me invade

no sé qué luz trae vereda

si espacio amor con fe

no predestino el tiempo

mi ceguera silencio no es la tuya

duda que viaja confundirte   no

no soy original

flecho una canción que agoniza

puedo morir

puedo tener mitad ternura

mi luminaria quema   hechiza

a ver si descuaja suerte.

CHISPA

Puede ser que un día
tu sigilo destrone la inocencia
despierte el corazón como una fiera
y en tu paso fulga un sueño
prefiera tu arrebato guarecer la codicia
mientras el amor en tu alma se suicida
Puede ocurrir que un reflejo te contagie
te des cuenta y enfiles el horror
quieras regresar
Somos testigos de la noche
sombra obscuridad clara advertencia?
quizás tu adelanto el paso vulnere
o el bullicio enhebre la nostalgia
ese día
silencio traerá su especie
la aurora destellará la suerte.

PARA ATRAPAR LA IMAGEN

Nadie sabe como cazar la imagen
sé de quienes inventan resistir felicidad
en un trueno cargado de agonía
lanzan pudor al cielo
nalgas osando ser un talismán
después sotana enferma la mirada
tiene holgura para incendiar amor
certeza quema la multitud
el veneno despierta en la memoria
no es el mortal número uno
saca sus garras a escondidas
la codicia se alza en gloria
abraza calor no para estremecer el odio
hay quien honestidad llaga su estancia
muere de espanto en niebla
hijos tener como sabor el hambre
no poder confiar vestigio escena
lo visto eterno huelga
si un santo inutil cuesta
La imagen se ensombrece

puede tener final

no me sorprende la terca aparición de un loco

rifando besos como suerte

es penoso andar bajo la lluvia

y no soñar un pacto en qué atraparla

incluso   no soñar amor

es signo que misterio aboga

a ver si escupe diablura empeño…

treta.

ESENCIA DE LA NUEVA SUERTE

(Confesiones de un loco)

Nada pasará cuando se apague mi canción
me peinó con llama y lira
ahora
que me contagia el barro de ciudad
pálida alegría cotidiana
Fuego de nostalgia abraza mi memoria
sé que Dios decoró este mundo para vestir el hombre
no su diablura
rabia naciendo de la angustia
hebrea rabia como cristal
que yergue
quema
se revela
y no hay ternura en quien confiar
es contagioso enigma de serpiente
dando alcance al libertino que caza
libertad
peor sutil combatir maniqueistas
vieja furia de papel y lozanía

en deuda con su gélico misterio de plantón a
medianoche
Soy culpable de inocencia
Qué mienta
                no importa
obviar corona el tiempo al miedo   exilio
pequeño sol que espera
cuidarme cuesta mucho o nada
pintar en la canción lo cierto es colgar
en ciudad rara
la última estación del alba
si acaso hundir la soledad imperfecta
que atomiza cada trazo de quietud
rasga el lecho donde guardo mi esperanza
filosa dicha como nueva suerte
Qué será de quien no vea el signo de la luz
y confíe en que mi voz solo es poesia
qué será
Soy culpable de inocencia
Hago del universo un gusto que me ciega
hago amor penumbra soledad

hago… ay Dios

Nada pasará cuando se apague mi canción

puede estallar a borda la codicia

pero el amor…

-dirás locuras bajo el amanecer-

el amor siempre es amor.

I

Sobre la vaguedad de una aventura
el desespero filtra la memoria
duerme mi sonrisa para acelerar mi entorno
y demorar como el soplo de mi vida
un hito de ansiedad
que desaire este momento
El recuerdo palidece
su especie priva la soledad
y este olvido parece un sueño
reflejo que traza fiesta de agonia
Lo vago merodea   define   espera
no revela el sitio donde se oculta mi nostalgia
y atribuye la cadencia al amor
cabalga en el hechizo que me invade
es como final en mi esperanza   no
no es veneno que se anuncia
es algo no alcanzado que deviene
hace añicos fuerza de mi empeño
otra cosa   igual puede tener
Sobre la vaguedad de una aventura

tras el correr veloz de mi suspiro

mi ansia presa estalla

la memoria muerde…

rastrea.

II

Bajo el sitio del fuego esta la vida
su misterio estremece el alma
ahuyenta la agonía
ve como en la penumbra se suicida un beso
ve que tu estancia se incendia
cuando amor toca la ventana
Su especie oscuridad no ciega
ni persige el hambre la vileza
ese pretexto que cierra ternura
muerde el tiempo con su fe disimulada
quiebra el honor que consagra
de esta penumbra la solidez
esencia del espacio que vulnera
si no acecho el alma
la vida.

III

Huidiza con el rostro manchado por la noche
corre alucinada mentira
no sabe que en camino del tiempo
a la vuelta
se atrinchera verdad
Medita otra hambre
detiene su hechizo   disimula no tener miedo
por sobornar espera
casa maldad propone alianza
fundar un sueño de mil años
Pobre
Olvida que un día maestros de su linaje
tuvieron el mismo ensueño
pero la verdad cegó su escencia
el mundo vió otra cara
la fuerza simulada de una idea
Pobre mentira que cabalga confiada
no sabe qué alma dispara corazones
delimita el deseo y la noche
hace bella mezcolanza noche aurora

pero amenaza maldad   quiere reinar

a manotazos trata la Historia

su línea estorba

Pobre

sabe qué salvador sonríe al sueño

por mago de la oscuridad.

IV

Sobre la ley que hospeda en la tiniebla
marcha una especie
El auge de su estirpe besa la maldad
contagia con su tizne la esperanza
No sabe dar lecciones de ancestros
cuando la noche es como una bruja
y la burla filtra la pereza
No sabe reducir dolor a quemarropa
ni juzgarla como flecha
Queda abandonada del bien
y el hambre es una mosquita zumbando en la esfera
despertando con su ataque
el clamor que grazna mi ventana.

V

Un flechazo como el miedo toma las riendas de la noche

hace blanquear guerrero el hambre

acecha de antemano la ternura soledad

El espejo reaparece como una pesadilla

lejos un terco remota miseria que arde

justo al tiempo estalla la verdad

luego miedo soledad espejo

trazan un camino indescifrable

Falta hace la música

Hay tanto ruido en silencio

que hoyan presa la esperanza

Será que todos somos músicos de oido

incapaces de sonar el arpa?

Qué estupidez

hay tanto ruido en silencio

que el miedo revolotea

el alma.

FULGOR TRAS EL ESPEJO

Mientras la aurora rompe tu diseño
un espejo cercena el dolor
irrumpe la alegría
tu sueño palidece por la claridad
que invalida tarde el tiempo
Cada esquina aterra tu pensar
estalla en el pecho la ira
quieres regresar   penetrar tu espejo
la apariencia en él es un signo   una barrera
que revuelca la felicidad a manotazos
El fulgor es el telón de tu escena
habrá noche enferma que viaje en el barco de la suerte
para el día final
cuando no esperes el aletear de palomas
sorprenderá afilada la esperanza.

HOMMAGE

"La sombra y el cuerpo enemistados vagan".
José Lezama Lima

Cuando te sientes a meditar

sobre este verso

y no puedas conjugar tus pensamientos

dirás que nacen en el recuerdo

de la sombra

desairada en el olvido

dirás:toda la noche lo rescata de la muerte

y se baña destilando su desvelo

anunciándole el destello de su verbo

principiante de imágenes fulgentes

dirás por siempre se dormitó la risa

y buscó en el silencio agonizante

la metralla silábica del verso.

CRONICA MALDITA CON SABOR A GLORIA

Allí estabamos todos
María Elena Cruz Varela

Ayer

cuando el apagaluz glorificaba ensueños

la codicia tocó raíz primera

fue como romper ternura la inocencia

frágil maldad que enferma dicha

y cega por siempre gota amor

lo cierto el odio hizo cadavér

nadie previó malicia en fiesta

ceguera que me eternece el tiempo

fugaz ceguera de la envidia

Sufrí el tedio de la noche

Justicia hizo treta por ceñir mi fuego

hubo glacial que coalición tomó como arma

ocaso de vereda por domesticar temor

mierda no hizo temblar orgullo en semiobscuridad

Sufrí el tedio de la noche

A veces el amor era un suspiro rosa

prendida azul de mi pequeño cielo

aplastaba fiebre animal

prepotente vuelo al rostro de Habana

fuí sueño de un regreso pasado historia

-callar semipoeta o enternecer tu voz-

alerta que me asombra el haz de Lucifer

-No soy quien pinta rostro una verdad

y guarda miedo-

Pobre

confiar luz que armaría el alma

la palidez cárcel

al hombre rehizo un trueno

no por maldad que llueve ira

meditar ofrece rabia si no es culpable

Acaso coalición visitó fachada

por cubrir

el rostro amor de la inocencia?

Sufrí el tedio de la noche

Gallego predicaba fe a mi ventana

era como el manejo de una estación sin rumbo

casi morir

el milagro pudo romper la culpa

Odio recordar mentira que la desfachatez
apremió al canto
aparente gesto humanidad
al interior de quien es patriota
Qué pobreza
confiarme una verdad
y no ser confiable
es misterio que al mundo aterra
si otro salvador fenece por nostalgia
cuando a manotazos prive un sueño
y ansioso esté de amar
mi otra suerte.

ÍNDICE

www.ingramcontent.com/pod-product-compliance
Ingram Content Group UK Ltd.
Pitfield, Milton Keynes, MK11 3LW, UK
UKHW041844190726
13854UKWH00002B/706

9 781425 100582